U0748229

中国好诗

第二季

商震 著

半张脸

中国青年出版社

《论语 · 雍也篇》

子曰：知者乐水，仁者乐山；
知者动，仁者静；知者乐，仁者寿。

长天长出版基金由西安交大长天软件股份有限公司暨江苏天长环保科技有限公司董事长林宣雄先生发起成立。其宗旨为资助优秀原创文学作品的出版，藉以达成“欲行生态环保，必启心灵环保”之理念，促进社会环境和自然环境之友善和谐。

特此鸣谢长天长出版基金资助本书出版

商震 1960年4月生于辽宁省营口市。职业编辑。曾任《人民文学》副主编，2012年开始主持《诗刊》社工作至今。已出版诗集《大漠孤烟》《无序排队》及随笔集《三余堂散记》等。有作品被译介到俄罗斯、日本、韩国等。

商震

图书在版编目（CIP）数据

半张脸／商震著．－－北京：中国青年出版社，
2016.6（中国好诗．第二季）
ISBN 978-7-5153-4230-6
Ⅰ．①半… Ⅱ．①商… Ⅲ．①诗集－中国－当代
Ⅳ．①I227
中国版本图书馆CIP数据核字(2016)第136355号

责任编辑：彭明榜
书籍设计：孙初＋林业

中国青年出版社 出版 发行
社址：北京东四12条21号
邮政编码：100708
网址：www.cyp.com.cn
编辑部电话：(010) 57350506
门市部电话：(010) 57350370
北京科信印刷有限公司印刷 新华书店经销

889mm×1194mm 1/32 6.75印张 119千字
2016年6月北京第1版 2016年6月北京第1次印刷
定价：39.00元

本书如有印装质量问题，请凭购书发票与质检部联系调换
联系电话：(010) 57350377

他一直站在阳光与暗影深处

◎ 霍俊明

在我看来，商震属于愈久弥坚、愈发老辣的诗歌写作者——像极了干瘦而尖锐的钉子。想着每次外出，他大步迈出机场的第一件事就是狠狠地甚是极其惬意地吸几口香烟。烟雾喷涌缭绕，他瘦削的脸也暂时被笼罩起来。他更愿意或宿命性地站在时间的逆光处，拨开虚假的光以及附着其上的颂词，对尘世暗影、乖张命运、内心渊薮进行不留半点情面的挖掘与自审式的探问。

也许，此刻那些不怀好意的人可能正冷飕飕地看着我写下的这些文字。

谣言止于智者，但是智者并不一定能写出好诗。

冷热交往，世事无常，人何以堪！

商震是这个时代少有的具有“风骨”的诗人，尽管他自谦地指认自己只是一个资深编辑。当年的诗人嗜好五石散（又称寒食散），浑身散发的“风骨”也免不了病态。商震又是具有“血性”的诗人，而在今天这样一个精神委顿、犬儒盛行、蝇营狗苟的时代商震这样的不隐恶、不自我美化的“敢说”“直说”诗人并不是太多。

《半张脸》是商震的精神自况，也可以视为他“诗歌人格”的代表性文本。那么，他的“半张脸”所揭开的是怎样的诗歌性格呢？甚至这样的诗为什么会遭到一些人的不满和抗议呢？

一个朋友给我照相
只有半张脸
另半张隐在一堵墙的后面
起初我认为他相机的镜头只有一半
或者他只睁开半只眼睛
后来才知道
他只看清了我一半

从此我开始使用这半张脸
在办公室半张脸藏心底下
读历史半张脸挂房梁上
看当下事半张脸塞裤裆里
喝酒说大话半张脸晒干了碾成粉末撒空气中
谈爱论恨半张脸埋坟墓里
半张脸照镜子
半张脸坐马桶上

就用半张脸
已经给足这个世界的面子

我想到今年三月的一个情景。在捷克首都布拉

格临街的一栋几百年历史的老式建筑里，商震着一身黑衣。屋里不禁烟，他半端着烟斗踱步。正午的阳光投进屋内，他身体和脸的一半在灿烂耀眼的光线里，另一半则在斑驳不明的暗影处。这时候你就应该知道他的“半张脸”的深意了——温暖的、灿烂的一半留给朋友和这个世界同样诗意光明之物，而寒冷、严峻、刚硬、傲骨的另一半则冷对人世的暗疾、人性的丑恶和浮生的腌臜，将钉子扔给那些放暗箭的恶人、长戚戚的小人和伪君子。正如商震自己所言——“我快乐的一部分来自对泼皮的嘲笑”。

明眼人不必绕弯子，商震为人与作诗是一体的，真正的文如其人。而多年浸淫诗坛，我却看到那么多心口不一、人诗分裂的“写分行文字的人”——从人格和品性的角度看他们根本配不上“诗人”这个称号。

商震眼睛不大，却看得透彻，心知肚明嘴上还不饶人——无论多熟的人他抽冷子冒出来的话也能让你浑身一哆嗦或如芒在背。他曾经以大奸臣严嵩为例说过“好诗人不等于生活中的好人”。是的，一个十足的坏蛋也能写出几句好诗（实际上在历时性的诗歌谱系那里考量也好不到哪儿去）。但是这样的“好诗”“好诗人”我是不屑于谈论的。那些打肿脸充胖子、一嘴仁义道德满脸横肉一肚子男盗女娼甚至不惜用“崇高”“正义”“纯洁”装扮起来的伪诗人、坏诗人、假大空的诗人我们见的还少吗？自媒体时代任意踢破写作门槛的人我们更是司空见惯。自媒体带来的写作幻觉和虚荣心让写分行文字的人（在我看来“诗人”这一称谓是要设立高度和门槛的）纷纷如过江之鲫，秋风中的一片落叶足以覆盖这些短暂的渣滓与轻浮之物。动不动就是“著名诗人”“国际诗人”，实际上都是令人恶心的土鳖和灵魂嗑药者。商震在《三余堂散记》中以“建安文学”为切口谈到过自己最瞧不起的就是人品和文品不一的人，尤其不能丢文人的脸。在我看来，当下是有“诗歌”而缺乏“好诗”的时代，是有大量的“分行写作者”而缺乏“诗人”的时代，是有热捧、棒喝而缺乏真正意义上的“批评家”的时代。即使是那些被公认的“诗人”也是缺乏应有的“文格”与“人格”的。正因如此，这是一个“萤火”的诗歌时代，这些微暗的一闪而逝的亮光不足以照亮黑夜。而只有那些真正伟大的诗歌闪电才足以照彻，但是，这是一个被刻意缩小闪电的时刻。

商震是敢于自我压榨、自我暴露和自我清洗的诗人。

商震的诗是“成人之诗”——知性、深沉、冷彻，他的诗中有成吨的寒气让一些人浑身惊悸，他又会拉着那些受伤的人走向远处的炉火。但是他又时时以另一种“童真”来予以诗人自身的完善——情绪、热烈、燃烧。这一冷一热产生的是真实的诗——真人、真诗、真性情。进一步说，这不是一个自我美化、自我伪饰、自我高蹈、自我加冕的诗人。

我曾经说过商震的诗歌里有硬骨头，有鱼刺，这会令一些人如鲠在喉。他这种棱角分明、爱憎立现、直言不讳的性格也招致了一些人的不满——这是必然的，要不小人何以常戚戚。

商震诗歌里不断有雨水、冰雹、沙土和大雪在黑夜中落下。他会耐心地烤干淋湿的衣角，翻检墙角里被瞬间击落的树叶、花瓣和往昔陈梦与过往碎

杯子一饮而尽。酒后身体会反抗他，他也知道难以消受。但有时候，深夜里年轻诗人和诗歌爱好者登门造访，除了喝茶自然是喝酒。有一次在北京山区，他深夜拉着我去吃面，结果是喝酒，他瞪着小眼睛看我把一满杯白酒灌下去才满意。而 2015 年 6 月在台湾花莲，那个偌大的校园里没有卖酒的，只能步行到校外的小镇上。那天夜里商震想喝点酒，我手机正充电，就独自一人走在夜色里去买酒——校园太大了，岔路又太多，路上的丛林里有不知名的动物在叫，路上有很多巨大的蜗牛穿越马路。来去竟然花费了我一个小时。商震联系不上我，还以为我被校园里的什么豺狼虎豹叼去了，就让王单单四处找我。

接着还是说说身体与诗歌吧！在商震的一部分诗歌中不断出现的是那些疼痛的、弯曲的、变形的“身体”“躯体”“皮囊”“肉身”“肉体”。有时候商震更直接干脆，在他看来身体实际上就是“一堆肉”“纯粹的肉”“纸糊的躯壳”，是“包子皮”和“肉馅”、是“脱水的竹竿”、是一把渐渐破烂的椅子、是“冬眠的枝干”。诗人敢于把自己置放于时间无情的砧板之上，有点置之死地而后生的快哉。这需要的不只是勇气，而是需要才胆识力的综合素质。商震不仅还原了身体经验，而且参透了时间和生存的隐秘内核——不为表象的漩涡所动，而是以机心直取核心。在身体中感受宿命，在物化中确认自我，在自我中发现世界。这就是诗人要做的事儿——诗歌是身体感知的延伸与对应。而现在很多的诗人都不会说“人话”——往往是借尸还魂说“鬼话”，拉虎皮扯大旗说“昏话”。借尸还魂，即利用贩来的西方资源的翻译体或借助表皮的地方性知识装神扮鬼蒙人，拉虎皮扯大旗就是空泛无着的宏大乌托邦自我美化、自我圣洁。

商震的很多诗歌具有“日常性”，具有强烈的“现场感”，甚至由于工作的原因还写了不少游历诗来点怀古的情调和那么一点忧愤。看看当下很多的诗人都在地理的快速移动中写旅游诗和拙劣的怀古诗。高速时代的诗人生活不仅与古代诗人的流放、游历、行走不可同日而语，而且就诗歌的历史对话性而言也往往是虚妄徒劳的。日本学者柄谷行人被中国评论界津津乐道的是他对现代性“风景的发现”，而商震也在努力发现属于自我、属于这个时代又超越这个时代的“风景”。商震在那些迅速转换的地理和历史背景中时时提醒自己和当代人牢记的是——你看不清自己踩着的这片土地，不呼吸当下有些雾霾的空气，不说当下体味最深的真话，你有什么理由和权利去凭空抒写历史和面对纷繁的当下，以何感兴又何以游目骋怀、思接千载、发思古之幽情？

“还乡”“栖居”“诗意”“乡愁”成了城市化时代被写作者用烂的词语。但是对于商震而言，“还乡”却是来自于骨髓的，是“一滴酸楚的泪”苦熬成盐的过程。这既是地理变迁和家族血脉使然，又是人性本我的精神还乡。他的诗歌里会反复出现无声的冷月、凛凛的白雪，而且设置的时间背景不管是出自巧合还是出自于诗人的有意安排，大多都是黑夜。这样，黑夜、冷月、白雪和“埋伏着暗火的炭”之间的对话就发生了，而且这种发声简直就是杯盘与杯盘之间的惨烈碰撞与炸裂般的碎响。

如果你早年见到过铁匠铺，你懂得一把烧得通

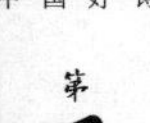

红的铁器伸进冷水那一瞬间意味着什么。

商震有时候也瞪着不大的眼睛在夜里失眠，由此，商震很多诗歌是在夜里写出来的。夜里忽明忽暗的是手指间夹着的那根烟。

明灭有时，人生如此。

活得明白不等于诗歌就写明白了。如果都懂了，就成了商震这样的人。

商震在朋友面前从来不说假话，有一说一。而商震对朋友要求也非常严格，他经常当众“敲打”我、批评我——这是真正对我好的人。记得今年春天在希腊，满街都是橘子树。会铁档功的导游小伙说这些橘子树是杂交品种而且打了农药是不能吃的。而几次看到风中摇晃的金黄黄的迷人的橘子我都想摘下来，商老头立即正色道——“不能摘！不能吃！”

是的，他一直站在阳光与暗影深处——慈爱有时，严厉有时。

那么，你看到的是他的哪个部分？你与他的哪“半张脸”相遇？

目录

第二辑 如梦令

第三辑 踏莎行

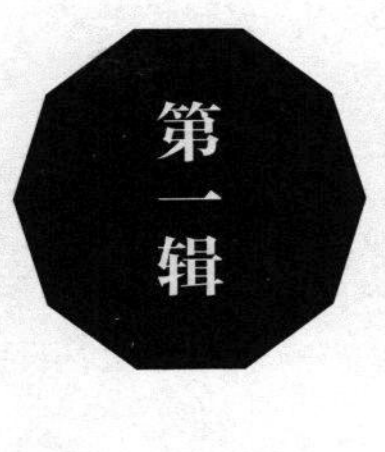

水龙吟

心有雄狮

在陕北以北的草地
经历了一场大风

风是狂躁的
起初是一小股贴着地皮
后来是四面八方

地面上的风
尾部都向上挑
试图勾引天上的风
垂直向下吹

草被吹乱
像雄狮披散的鬃毛
一朵瘦小的野菊花
弯下腰躲进草丛里
我也闭上了眼睛

风在制造强大的噪音
试图要把花草吓死
风常幻想自己有很大的能力
我站在一旁窃喜
这混杂的噪音
恰好可以藏住雄狮的吼声

纸上的马

看到一张国画
一张白纸上只有两匹马
尾巴扬起蹄子腾空
大张着嘴
看上去就感觉到马们的急匆匆

两匹马的前面是一片空白
我想:
如果前面画一轮朝阳和一片青草
马们就是急着去吃早餐
如果画一枚夕阳和树林
马们就是在私奔

如果要我来补画
就给马身上画上鞍子和脚蹬
再配上一个箭囊
让它们去上战场
哪怕是一次练兵或演习

角力

月亮飘向远方
乌云与夜媾和
我的全身被涂满黑色
天地间不再有路
也没有方向

黑夜有巨大的胃
我的思绪是一块石头
在夜里只有重量
没有形状

对付黑夜
要用一个清白的我加一个黑色的我
一颗善良的人心和一颗野兽的贪心

当黑风吹灭所有的词语
我心底藏着的阴暗
正在上升
并且比夜还黑

半张脸

一个朋友给我照相
只有半张脸
另半张隐在一堵墙的后面
起初我认为他相机的镜头只有一半
或者他只睁开半只眼睛
后来才知道
他只看清了我一半

从此我开始使用这半张脸
在办公室半张脸藏心底下
读历史半张脸挂房梁上
看当下事半张脸塞裤裆里
喝酒说大话半张脸晒干了碾成粉末撒空气中
谈爱论恨半张脸埋坟墓里
半张脸照镜子
半张脸坐马桶上

就用半张脸
已经给足这个世界的面子

我有罪

我有罪
我没能站直腰杆挡住这股风
还弯下腰身
做了摧花折草的帮凶
这股风很强大
铺天蔽日
我被驱使着
风让我做的事我都做了
若不是一座山挡住了我
我已经彻底成为风的同伙

这是唯一能挡住这股风的山
是孔子关云长和李白三个壮汉组成的山
我靠着这座山根
才缓缓地把腰直了起来

我伸直腰回过头
看着那些倒伏的花草
一边行礼道歉
一边说：你们痛恨这股风的时候
也不必原谅我

忘记一个名字

水是可以断流的
如泪与血液

水走了
河床张开许多唇
干裂地控诉
苍天用雾霾遮住耳朵

有几簇杂草
模仿鱼儿晃动着腰身
像河底吐出的火舌
也像为鱼们招魂的灵幡

在史册和地理志上
这原本是一条被喊做母亲的河
没有水就不是河也不是母亲
是一条烂抹布

河床里藏有千年的故事
一个老头曾说：逝者如斯
现在逝去的是水
风是知情者
经常扬起历史的腥味

河道枯了
月光走到这里也是枯的
两岸的人
依靠惯性还把这里叫做河
那些言辞凿凿的史册
正在习惯有名无实

河水不知所踪
我们残存的泪和血液
还能流淌多少时日

我也是废铁

我喜欢车
喜欢跑动着的车
不动的车是废铁

很小的时候
我溜到路边去看车流
一看就是半天儿
妈妈找到我时，说
这孩子真淘气
我指着跑动的车，说
车才淘气呢

现在我依然喜欢跑动的车
而此时，我去开一个会
三环路上死堵
路面成了废铁垃圾场
我前后左右看一圈
发现我已经加入了废铁之中

屏幕上的我

几次在电视屏幕上露面
我都不敢看
一个化了妆的我
一个笑容和谈吐被编辑过的我
还是不是我

还是鼓足勇气看了屏幕上的我
那个离开了生活琐事的我
那个没有私密情绪的我
每说一个字先在嘴里校正三遍的我

许多朋友都说
屏幕上的我很成功
我突然惊愕起来
难道我体内真的藏着一个
大家都会满意
唯独自己不知道的我?

香气

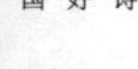

朋友寄来一方砚台
雅致严肃得像一位古代君子
砚台是可以用来慢慢研墨的那种
砚台里还有一枝新鲜的梅花
飘出稚嫩的香气

朋友说：砚台是他淘的
梅花是他养植的
那枝梅花枝干纤细花朵小巧
单薄得让我心疼
我在想：朋友折梅花时
一定是咬着牙眼睛看着别处

朋友是一位端庄的书生
砚台配上梅花是他的心境
也是他在揣度我的趣味
我凝视了一会儿
咬了咬牙
把它们收到书柜里

砚台我没使用过
梅花已经原姿态风干
我不会时常去看它们
心底却一刻不停地在惦记着

再写鬼吹灯

有些人学鬼
见到发光的东西就想给吹灭

见到太阳
就鼓起腮帮子运气
运空气

见到高大的树
就哼哼唧唧
运鼻腔气

见到母牛
就收腹提肛
运肛气

尤其喜欢吹灯
据科学考证
没有一盏灯是鬼吹灭的

夏日观荷

办公室附近有一个荷塘
走到近处
花朵中有狮子的吼声
池塘边，鸣蝉在树上
制造谣言
风也张着饥饿的嘴

天上的云
模仿花朵碰撞抚摸窃窃私语

我闻风而逃
身后有饥饿的脚步追赶
走出很远，回头一看
荷花又恢复了清丽的姿态
荷花真的仅适合远观吗
荷花为什么不去远处开

炎热里，荷花的汗水
是否正酝酿惊雷

秋日观荷

一阵带刀的风
猎杀了所有的花朵

荷叶垂首
立着一个个昏黄的傍晚

荷花落进池塘
像一群待飞的蝙蝠

荷的枝干还继续挺着
是油将尽时坚持燃烧的灯捻

春华秋实都是梦
花朵仅是梦的替身

花期过后
就是长长的黑夜与落雪

绿色和芬芳是瞬间的
世界的本色是不能媾和的黑与白

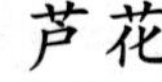

那一片白色
是我最后的去处

鸟儿为觅食飞为求偶唱
我只为心底的风舞蹈

落到流水里是花
陷进泥沼也是花
喜欢芦花的人
才能闻到它的香

没有什么东西能躲过白色
政治经济历史
人与人的真情假意
都会归于清白

这一片白色
正漂洗我的骨头

磨刀

我有一把刀
是金银铜铁锡的合金铸造
我要磨这把刀
蘸着黄河水银河水
用泰山石
女娲补天的五彩石
细细地磨

把刀面磨得锃亮
能照出哪块云中有雨
能映出泪水里的盐分
能看清躲在身体里的暗鬼

刀刃一定要飞快
可以切断风
可以斩断光
削功名利禄为泥

太阳是刀
月亮是刀
我的肉身也是

应变

乙未年是一阵风从身体里走了
把能带走的东西都带走了
我成了一个真实的空壳

真实有时是空空荡荡
有时是故意却忘
有时是扭过脸去不看

自己看不到自己的真实
自己感受的喜和忧都不真实

丙申年的风已经撞到我身上了
我还没想好
新的一年都往身体里装些啥

日升月落的时间改变了
风吹拂的方向改变了
我身体的内容也要变

是否把自己藏在骨头里
用一身不怕折腾的肉
去对付新的一年

对下联

看荷花时
想起民间一则求下联的上联
据说是天下绝对
这上联是：莲花荷叶藕

好上联，确实难对
可现代人不喜欢严肃、严谨
不喜欢累
不想拖着思想、学识、纪律去生活
愿意把所有的意义瓦解成玩笑
于是就歪对谐对了许多下联
让大家听了哄然一笑
好像对对联本来就不应该是严肃的事

我不敢诙谐，我没有轻松的资格
就认真地对了：风帆桅杆舟
对得也不严谨
我想：上联表达的是
从上到下直入泥土
而我希望顺风顺水地远行

今天我休息

今天我休息
是一个空酒瓶横陈在墙角
是一汪水摊在地上
我正用昏睡填满所有时间的缝隙

头枕在哪儿不重要
一定要把书垫在脚下
让地面与脚隔着几本书的距离
还要裸身裸肉
给贪小便宜的蚊虫一些机会

把自己睡成一片落叶
不理会哪块云彩怀雨
不管太阳在哪个半球发烧
不问股市里有什么颜色的手
不关心银河在谁的心里涨潮

今天我休息
一碗面就煮熟了世间争斗
一根香烟就消灭了寒暑
还有那些酸哩吧叽的才子佳人
用一壶茶就冲得干干净净
最后，把我寄存在我的肉里

飞机上的苍蝇

一只苍蝇在飞机上
窜飞着嗡叫着
用混乱和噪音提醒人们
它混上了飞机

忽而停在行李箱上
忽而停在座椅靠背上
也不时落在人们的头上肩上
没有人太在意它
混进飞机里
它也是一只苍蝇

飞机起飞
窗外是辽远的天和白绵绵的云
苍蝇偶尔也到窗前撞几下
后来，它竟落到我的餐桌上
我欲伸手拍死它
又停止了动作
嗨，就是一只苍蝇
何必要费气力
再说，真拍死它
还会让邻座恶心

学醉

一生中只有两件事
可以让我醉
一件是读到好书
一件是想一个称心的人

我喜欢喝酒
习惯在酒里反刍书中的文字
习惯用酒铺设一条思念的大路

刚把书合上放在枕边
还想在梦里继续读
心仪的人坐在对面
觉得是可以一饮而尽的酒

酒不会让我醉
只能使我突然对一切都停顿
我正一点一点地学习战胜酒
慢慢地享受醉的滋味

中秋夜

今夜有大风
思绪里摇曳着芦花
肉体里装满烈性的酒

今夜的风都值得信任
云已经与风媾和
那些落地的枯叶
不再引发猜疑

月亮是一团火
今夜看月的人
身上会噼啪作响

站台

这是为离开准备的甬道
阳光被精致的棚顶遮住
甬道里的人
只能在阴影里等待

无论是急着离开还是恋恋不舍
都希望火车快点进站快点发车
把焦虑忧郁疼痛
撒到沿途或移到异地

站台永远是冷的
灰色的风
像蒙面的强盗窜来窜去

白日梦

太阳不起床
雪把大地照亮
那跳动着闪着光的雪片
是一簇簇火苗
是我正在燃烧的白日梦

没有太阳的强光
我看清了世界的一切

纷乱飘舞的雪
让风现出了身形
枯叶和新楼发出相同的光
我的梦
在白亮亮的天空下飞翔

突然，一片雪落到
我的后脖颈上
雪立刻变成水
我浑身猛地一激凌
这白日梦啊
咋这么凉

我没睡

这个夜晚是人间的
没有车，路睡了
没有风，落叶睡了
没有麻雀，小虫子睡了
没有灯光的房屋，人睡了

冬天睡了
寒冷很无趣
岁月睡了
历史很孤单

云没睡
晃晃悠悠想着心事
月亮不睡
睁大眼睛欣赏大地的宁静

一个人的夜

一个人时
不适合惆怅
不适合听窗外的风抽泣
不适合自己与自己吵架
不适合想酒

心里装着的麻线团让它乱着
泪水走到眼眶边让它停下
勒进肉里的纤绳继续让它勒着
一句骂人的脏话要压在舌头底下

一个人的夜晚
是一朵春天的花
开在寒冬里

平安之夜

连一丝风都没有
一滴酒也没有
我吐出的香烟
在我头顶环环缠绕
不言不语也不肯离去

窗外公路上的车缓缓挪动
街边的霓虹灯冻得眨眼睛
我坐在家中
四堵墙和我一起发呆
一切都那么慢
连一只飞虫都没有

我很平安
像这四面承重的墙

平安夜

夜是不会平安的
巨大的黑
遮蔽了太多的真相
鬼都有了人形

那些白天的垃圾
在黑里起伏多姿
都是庄严正义的形象
枯枝败叶也礼花一样飞舞
而那些鲜活的花儿和晶莹的眼睛
被彻底淹没

我想在黑里装一次鬼
或者玩一次无人辨认的裸奔
把衣冠褪去
把枷锁解开
让肉体自由如风

月亮发出“嘘嘘”的声音
提醒我
夜风如刀
有白天的功能

我在想

是一把怎样的利刃
分割了白天和黑夜
这把利刃还能不能
剥开夜的眼睛

节日夜话

月亮躲开了
星星躲开了
风也躲开了
黑夜或者是祥和
或者是废墟

此时任何声音都会破坏祥和
即使是唱颂歌
也会坠入废墟

我醒着
我躲不开
在距离废墟一米远的地方
挣扎

成语训练

雾霾披着云蒸霞蔚彩桥横空的外衣
诱使一些人勇往直前前赴后继继往开来地向霾奔去

雾霾把自己包装得香气袭人甜言蜜语
迷惑一些人追腥逐臭臭味相投投怀送抱地溶入霾里

我鼠目寸光光怪陆离
扭头去找崂山道士跟王七学艺
穿过雾锁烟迷的墙
希望墙有缝墙有耳
没有墙头草
然后找个僻静处
呕心沥血吞云吐雾一吐为快

想念一条小河

我给一条小河拍了一张照片
拍照时小河已经没水了
一个朋友看了，说
太丑了，删了吧

为了能常看到小河
我才拍照片
把照片删除后
就时常感到心里有一条裂缝

我看到过小河有水的时候
那时，小河是唱着歌的孩子
一脸的晶莹一身的活力
我站在河边
像驾着春风听着民谣

现在，小河离我很远
也不知道河里有没有水
我惦记着它
在心里正和我说不出话的嘴
位置并列

撕扯

这是 2015 年的最后一天
今晚适合做梦
一年里忙开会忙编务忙签协议
听报告讲课做思想工作
所有言行都在阳光下和嘈杂中
连做梦的机会都没有

我要梦到一只鹰
盘旋在半空
看到好吃的就冲下来
吃饱了就俯视大地的热闹
或者梦到一只蝙蝠
当人类都睡着了
再出来安静地走走

不要梦到奔跑的马
不要梦到拉犁的牛
不要梦到人

我躺在床上闭紧眼睛
可梦就是不来
一整夜
被梦与不梦撕扯

寒风乍起

风能吹走落叶
吹不走月亮
雨打湿了落叶
打不湿花朵

落叶不是花朵的一部分
也不是生命的影子

我在夜里行走
不慎踩到落叶上
地上竟没有留下脚印
落叶与黑暗一定是同伙

我向一棵树走去
仰望一朵勇敢的花
和树梢上文静的月亮

中国好诗

元旦

今年元旦没下雪
太阳散着懒洋洋的清辉
我坐在窗前向外张望
空空的
眼睛不知该落到什么地方

那一年元旦
雪纷纷扬扬地下
没有太阳
我坐在窗前看雪
突然一只麻雀落在窗台上
好像说了点儿什么
然后就和我隔着玻璃对望
我们默默地对望好久
它像想起什么事了
叨咕着离去

那一年元旦
我看到了雪
还有那只麻雀看了我
今年元旦
雪和麻雀都没来
我也把元旦过完了

夜风

一阵比一阵冷
像骂人的话一句比一句脏

风吹动枯干的树枝
发出虚张声势的啸叫
风打在墙上
像一群蹬着云梯企图攻城的士兵
更多的时候
风不知吹进了哪里
发出乌鸦的悲鸣

后来又一阵风过来
像一列坦克车队
轰轰隆隆地一次性走过
再后来什么声音都没有了

哦，风猎杀了风
像脏话消灭了脏话

风一直在刮

风一直在刮
携裹着寒冷
荡涤有活力的一切

没有什么服装可以抵御这种风
没有什么房间可以挡住这种风
没有什么取暖设备可以对抗这种风

我的心
已经是一坨冰块
风和寒冷对我
已经失去了作用

偶尔我会躲到风的背面
使劲喝一次烈酒
安慰一下还没有僵死的血肉
并希望用醉的力量
嘲笑一直在刮的风

缓慢

这个夜晚是缓慢的
月亮像一个饰物挂在天上
我没有高兴的事
也没有悲怆的事
时间就像爬行的蜗牛
在我身边

此刻
我是纯洁的
影子也是纯洁的
不去想天高地远的事
也不想吃喝与冷暖
我就是一件家具
摆在椅子上

茶在继续变凉
香烟也不想再点燃
夜继续缓慢
缓慢地漫过我的全身

一张白纸

闭了灯
准备睡觉
突然发现桌上有一张白纸
羽毛一样折射着月光

那是傍晚
我想写诗时放的纸
原打算写一首哄自己安眠的诗
可是活过半百之后
任何方式的哄都已无效
只能像潮汐一般
该涨就涨该落就落

我又使劲看了看那张白纸
它的一角似乎翘了起来
像要随风飘浮的羽毛
一张白纸上没有诗文
就是脱离了翅膀的羽毛

位置

我时常夜晚在阳台
一个人坐在藤椅上
抽着烟看窗外
偶尔也抬头看看月亮

今夜的安静有些虚幻
像童话剧里祥和的天空
也像科幻电影神秘的宇宙
可眼下
这是真实的人间
只是这种真实
仅在深夜才能看到

今夜我站在窗前
发现月光坐在我的藤椅上
我看了一眼月亮
就坐进藤椅里
月光迅速扑进我的怀里
带着森森的凉气

我突然明白
月光不是对我投怀送抱
它是和我争抢藤椅的位置

夜行车

在路边闲坐
一束光突然打在身上
我冷了一阵子
哆嗦了一阵子

我看到黑夜
在阻挡这束光
围剿这束光
这束光没做任何抵抗
慌张地夺路逃窜

这束光
袭击我的时侯
泼出一层厚厚的霜
而我哆嗦的那阵子
是一把沙子砸到了身上

我对光没有任何好奇
对黑夜也没有
我只是闲坐
恰巧看到了
黑夜对光的一场战斗

霾

一点儿细小的黑
在我眼中复制、繁殖
直至迷雾一团
我眼睛想去的地方
已经阴阳无序昏晓不分

我张大嘴喘着粗气
要命的尘埃，自由地
侵蚀我的肺、血液和爱情

我最喜欢的事一定是最难得的事
如轰轰烈烈地爱和酣畅淋漓地醉

霾的作用就是让一切模糊
把我的骨头已涂灰

酒杯大睁着眼睛问我
不能舍生忘死地爱为什么不能
舍生忘死地死

霾很强大
我是个弱者

深夜独酌

在我的对面，为你放了一个酒杯
我每喝一口，都要
与你的空杯碰一下
听到“当”的一响
我的心就安稳一瞬
响声里有你的朗笑、躲闪和哀叹
一杯一杯一声一声

我只想痛快地喝醉
不是要把所有的酒喝干
醉了，就敢放心大胆地朗诵：
“东风不与周郎便”
东风不唱蝶恋花——

醉花阴　荷影

友人画荷
一阵一阵的秋风吹来
荷都是醉酒的人
在泥潭里挣扎着舞蹈

我躲不开人间的喧闹
离不开酒里的幻影

头上一轮圆月
水汪汪的
明明就是一杯酒
只是我喝不到

找不到能喝的酒
是空活一生
可恨的是
秋风携带着酒的影子
一直跟着我

醉花阴　有醉

我使劲喝酒
直到花的影子大醉

我要和太阳比酒量
云朵在杯中裙摆飘飘

酒是神仙
可以把太阳植入地下
让云朵疯癫
命令花儿的影子更香

花蕊是酒窖
先醉倒的是花影

醉花阴　月牙儿

一个梦接一个梦
是一杯接一杯的酒

月牙儿是一片花瓣
投下的影子可以酿酒

除了酒
我梦不到别的东西
离开花影
不会有醉的理由

也是雪

北京的雪是撩拨人的
拉着很大的架势
只稀稀疏疏落了一小会儿
地上没有一片留存
我准备笑的嘴还没等咧开
雪就戛然而止

我多希望下一场半尺厚的雪
让我回到辽阔的故乡
回到洁白的童年
回到不防备冷不怕热的时光

北京的雪
形式感很强
让你笑一下
再留下可供臆想的空间

独酌

一弯泡在酒里的月亮
是今夜独处时的心境
许多秘密在涌动
眼前闪出许多可能的方向

好酒是给懂感情的人喝的
平静的水里埋着烈火
子夜的对面是正午的太阳

月亮在杯里发酵
饮一口
就从舌尖到心底
活色生香

我在一杯一杯地喝
月亮的香气
正唤醒僵滞的神经
人老了心也在朽
我多想在夕阳的余晖里
让眼睛再放一次光

酒已把我的皮肉烧焦
今夜
我不需要身体
只想试试能不能咬住月亮

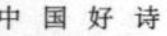

垃圾

阳台上的几棵梅花是盆栽的
它们的身形很好
有野外梅枝的姿态
是房间里的一处小景

春节期间
这几枝梅竟然开了许多花
我凑到花前使劲嗅
没闻到什么香气
哦，没经历苦寒的梅花
是不会香的

花开了一阵子就落了
落到地板上
像一些纷乱的碎纸屑
我立即拿起笤帚
把它们扫进垃圾桶

尊重

几个活得很肆意的人
和我讨论一个诗人的自杀
他们有说自杀是对家人不负责
有说好死不如赖活着
有的用法律来衡量
有的用道德来评判
就是没有人
站在诗人的立场去体会

一个诗人的理想破灭了
那个要奔赴的远方消失了
就像一个歌唱家哑了嗓子
一个画家失明了
只剩下消耗粮食的肉体
活着和死了有什么区别

一个艺术家
活在他创造的作品里
不能再创作了
就选择休眠在他的作品里

突然而至的静

今夜有巨大的安静
月光悄悄地贴在花儿上
花朵们都均匀地呼吸
风也蹑手蹑脚地走路
大地是一幅静谧的图画

面对这种突然的安静
我有些不适应
身上的铠甲没用了
手里的刀枪没用了
已经烧热的血
只能冷却

在喧闹里
总期盼能享受一秒钟的安静
在今夜的安静里
我却想了很多喧闹的事

今夜还不敢放松地享受
我点燃一支烟
让烟雾在我眼前缓缓地闹腾

风雪中的兰

窗外下着雪
我在案头画兰花
画在纸上
纸就退回到树上去
画到水上
水就退回到山涧里
画到酒杯上
酒就退回到粮食中
我想
要是画在我身上
我会退回到汉代还是唐朝

我想画到太阳上月亮上
让兰花随时都在我头顶
还想画在空气中
可一抬手
雪就落满我的头顶
最后，只能画在我的骨头上
我退回到我

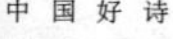

紧身衣

天与地是能工巧匠
用雾霾给我编织了一件
紧身衣

我的四肢活动受限
视力仅剩一毫米
脑袋里是一片荒原

这衣服有超软弹性
阳光射不透它
鸟的翅膀挣不破它
我肚子里的子曰诗云
都是一群受虐的孩子

我不是第一次穿这种衣服
每一次穿上它
都会让我的骨头失去一些硬度
每一次穿上它
都会对远方减少一些向往

现在，紧身衣的成分复杂
有雾霾和雾霾一样的眼睛
雾霾一样的网

这种衣服在身上越来越紧
我正在屈服
正在接受
渐渐失去的抗争能力

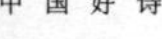

纹丝不动地听他说

他的语言里有黑影
笑声里有裂缝
为了保护他的尊严
我不会挑明真相

太阳是用来制造黑影的
黑影都在制造冷

任何一缕风都比谎话自由
鸟笼子永远不会相信翅膀

我坚强地听他叙述
像一块木头一样温和
并努力地不让他看出
我已经是木头

这个夜

游戏结束了
太阳和白云散去
天地缝合在黑里

黑真是辽阔啊
黄金不发光
鸟儿失却了喉咙
无需寻找要走的路
不用猜测他人的表情
更不操心自己的影子

年轻时，觉得月亮星星
是黑夜里一团不灭的火
现在，星星月亮撞进怀里
也是流窜的风

我站在黑里
觉得自己是一弯月亮
是一束花一只蝶
一片无边无际的春天

哦，黑
一块躲开烈火的碳

柳树也不是弱植物

今年的雪
落得比往年早比往年猛些
大地还没做好准备

白茫茫一片
看三米远和看出去三十里地一样
所有的事物都失去了本来面目

寒风一阵一阵地吹着
一棵柳树有些叶子黄了有些还绿着
绿黄搭配像一个壮年汉子
寒风仅吹动了它的树梢

这棵柳树的身上无雪
绿色和黄色
是白色世界里的另类

风雪一时对这棵柳树无计可施
柳树无言也绝不孤单
在雪地行走的人
都向这棵柳树投去敬佩的注目礼

铁球

两个生铁球
被一个老者捏在手里
它们滚圆、表皮光滑
没有逃跑的可能
没有生锈的机会
只有欲言难诉的平静

四季和它们没关系了
武器与犁铧和它们没关系了
老者的手掌就是它们的世界
老者的体温是它们唯一的热量
它们顺从地向左转或向右转
它们已不再是铁

偶尔
它们之间有一些碰撞
也会发出刀枪相对的杀声
或粮食的香气

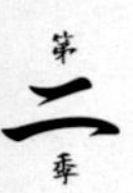

飞去的麻雀

我一直认为
还有许多时间恋爱
傍晚，在一棵树下
仰视一对麻雀呢喃
夕阳悄悄地趴在我的肩头

唿哨一声
麻雀们飞回巢穴
那棵树静如朽木
我的视线里空旷无际

回过头去与夕阳对视
一片落叶
正从我与夕阳间飘过
天地间
顿时布满皱纹

涩

我这条烟熏火燎过的身体
尽管黑黢黢灰土土了
也要面对春天
春风不断地掀起我的衣衫
我听到焦炭一样的身体
发出浑浊的呻吟
身体是个不会撒谎的家伙
在这个春天丢尽了我的脸

一只鸟儿扑棱棱飞起来
我认为是一片枯叶被风吹动

早些年，年纪轻
只知道有身体
不知道天下还有春风
现在，春风真的扑面了
我却躲避春风
像在躲避谎言

春天啊
是魔术师障眼的手段
年轻时看不懂
看懂时
已经不相信有春天

灰溜溜

傍晚，来了一阵春风
是从窗户的缝隙里挤进来的
这是个不好对付的老家伙
是煽动力很强的传教士
它在我的日记本上晃了一下
我刚写下的文字
都有了重影
我躲开它
躺到床上去睡觉
它又在我枕边絮絮叨叨

我是一块不长草的鹅卵石
不懂回忆也不会遐想
踏实地睡觉
用呼噜声驱赶春风

春风灰溜溜地走了
到院子里蛊惑其他事物

一颗玉兰树还在冬眠
身体是凉的
一片绿叶也没有
春风只对着树耳语几句
玉兰就匆忙地把生殖器
举起，张开

我的手

我的手
一直不会使用筷子
夹食物时两根筷子会交叉
筷子用得不灵活
吃饭时就抢不过别人
弄得我只长筋骨不长肉
重要的是
交叉的筷子
是判处某人某事死刑的符号

我的手
一直是用来写文章谋生的
我写的文章不时尚
不露肚脐也不露臀沟
我也不只写繁体字
妆扮成国学大师
我写的文章大多是废话
只有爱和恨二字
是真的

我的手
还常常用来指认月亮
圆月时，是我面对
你的眼睛你的脸你待吻的唇

弯月时，是我们
身居异地用责问替代思念
没有月亮时，是我们
拉紧窗帘关了灯

现在，我的手
正在学习拿刀
我要切除一段生命中
无效的时间
剔掉通讯录里
那些无热量的名字

我的手
被一些风和水弄脏过
我不会用消毒水清洗
要让污渍变成伤疤
要永远记住脏和疼

猴年谑

今年是猴年
我要去马戏团学点儿手艺
要学会耍猴

我要让猴听我的话
并能在郁闷时
时常虐待猴
把猴变成我的垃圾桶
更重要的是
如果闲来无聊
还可以拎着猴
到街边卖艺
命令猴做出各种丑态
让围观的人笑
引逗大家
掏几枚开心的硬币
我会高兴地拿着用猴赚来的钱
换几壶酒喝

到了猴年才想学耍猴
不是有意的设计
几十年的生活经验告诉我
不去用手段戏耍猴
猴就会撒野

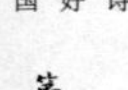

蝴蝶兰

蝴蝶根本不知道
人类用蝴蝶命名了许多事物

我们使用象形
我们使用会意
甚至用联想幻想梦想
我们希望蝴蝶近在眼前
甚至握在手里

蝴蝶是个生活简单的昆虫
人类不是想把事物简单
而是要更复杂
才用蝴蝶去状形去会意

比如这盆花
我叫一声蝴蝶
就想到了飞和一汪水

除夕夜

乙未年最后一弯月亮
刀一样悬在空中
今夜风不大
适合刀的寒气在我体内游走

地面上的灯都亮着
不时有礼花鞭炮在半空炸响
我站在路边
东看看西瞧瞧漫无目的

突然发现
在这个节日里
我是灯火下的一团黑
鞭炮声中一块缄默的石头

丙申年的钟声就要敲响
我缓步往家走
体内的黑和刀子
跟着我迎接丙申年的到来

兰花开了

窗外还是热闹的春节
鞭炮声在杂乱地响
此时我家阳台上的兰花开了
在一簇纷繁的叶子中
起初是一朵两朵
后来是八朵九朵
像大地突然落下一片安静的云

兰花开得坚定
开得洁白
我在距兰花一米处蹲下
仔细看
我不喜欢香气
我崇敬肃穆
还有，和兰花保持一定的距离
是要求自己不能参与盛开

看了太多的花开
有让我俯首敬仰的
也有让我冷眼一瞥的
我的赏花经验是
失去内心圣洁的花
都是假花

眼前的兰花不声不响地开
比人类的头衔荣誉高贵得多
更比听惯了的慷慨陈词真实

丙申春雨

傍晚时
才知道天在下雨
这是新春第一场雨
我赶紧跑到院子里
让雨点儿落到我的头上身上
再深深吸一口气
以此来证明
我也活在春天里

闷了一个冬天
身体过度失水
夜里梦着的都是木乃伊
大地也裸露着灰头土脸
那些已经痴呆的树木
还在耐心地装睡

这场雨来了
我的身体湿润了
大地和树木也一定恢复了信心
拉拉韧带活动活动筋骨
准备和春天大闹一场

逛街

春节期间
我到古典家具一条街走走
这条街都是当下人的仿古建筑
今天人们都回家过年
这条街的家具才真的回到历史里

我站在街口往纵深处一看
真像明代的一幅街景画
或者一张清代的老照片

这条街营业时我曾来过
人头攒动摩肩接踵热闹非凡
尽管这里的家具大多是仿制做旧的
销量一直很大
我狐疑
现在的人怎么喜欢旧式家具
是喜欢古人的生活
还是觉得古人的家具庄重

今天，这条街只有我一个人
橱窗里的旧家具都看着我
猛然觉得有些阴森森
如果不是听到远处有汽车的声音
我一定没有勇气把这条街走完

假牙（一）

十年前为啃一块骨头
我的一颗门牙蹦掉了
好多年我也没去补
我有足够的自信
暴露自己的缺陷

后来这个空着的位置
让满口的牙都不舒服
重要的是
许多风
找到了蹿进我体内的机会

我终于去补牙了
就是装个假牙
身上有个假东西
总像在真人面前说假话
可朋友们看了都说很好
我心里清楚
不是假牙好
是假东西占到了好位置

假牙（二）

医生说：你的牙床特殊
只能挂一侧钢丝
给你装的这个牙
只是为了好看
不能咬合
哦！
这个假牙
只是填个空
除了给别人看着美
没有其它实用功能

现在这颗假牙
已经和真牙浑然一体
这个为占据一个空位的假东西
让我时刻保持着警惕

假牙（三）

新装的假牙比真牙白
白得醒目
像用新木头仿制的旧家具
我只好偷偷地把它做旧

我把假牙泡在茶水里
两小时后拿出来
假牙的色泽和真牙一样了
戴在嘴里照镜子一看
只有这颗假牙没有生气
沮丧就飘到脸上

和我生命无关的东西
就是长在我身上
也是假的
即使做得再精致
也是没有生命力的配饰

半生

十八岁应该是活着的开始
那时还听不懂鸟儿的鸣叫
看不懂花儿为什么开
懵懵懂懂
是早晨喝醉的太阳

…………

年过半百
听懂了许多鸟儿的叫声
看明白了花开的方向
当摸到了生活的底部
就再也没有勇气
说出自己的真情
只能把一生的酒提前喝完
拎着空酒瓶
在夕阳下散步
脸上偶尔会有酒后的酡红

和平里大酒店

我每年要住在这里开会
匆匆来匆匆走
不陌生也绝不亲切
好像路边的一棵树
或偶尔乘坐的公交车
没有碰撞撕扯的记忆

今晚我努力地想
这个酒店应该和我有点瓜葛
屋里吹着冷气很凉
不能抽烟
脑袋是僵滞的
我跑到楼外抽烟
空气中到处是郁闷

我回到房间
用很热的水洗澡
想把僵滞和郁闷
都冲洗掉
然后赤身裸体
轻松地钻进被窝
今夜的梦
应该是无挂碍的

和平里大酒店
何必要确认我来过呢

韩作荣 68 岁了

今天是你 68 周岁生日
我摆了一桌盛大的宴席
请来了月亮星星和风

酒还是我们常喝的那种
菜就不准备了
再热的菜送到你那里也会冷
两个酒杯两包烟
你喝一杯酒我喝三杯
你少喝，你有糖尿病
烟你可以多抽
你抽了烟说话时就绘声绘色
今晚，你使劲抽尽情说

月亮是给我们照明的
星星是替我落泪的
风替我哭

我师我兄——韩作荣

不是地震造成的山崩地裂
不是洪水淹没了炊烟
是太阳睡去了
留给我
永久的黑暗

你走了！今后
我们心底的话只能憋着
茶里的喜
酒里的怒
人之善恶诗之雅俗
只能一个人品尝

你走了！
我们各自抱紧自己的身体
我们会长时间地在两个世界里
孤单

丙申清明

眼泪不是水
是辞海里没有的词
是风吹灭太阳时
说了许多无法破译的话

一个朋友问
我的老师在八宝山的住址
我告诉了他
放下电话我就闭上了眼睛
我习惯让泪水内循环
怕泪水一旦面世
会变得浑浊

我泪水的泉在心底
流域面积也仅限心底
日思夜想的那个人
就住在心底

在俄罗斯的小酒馆

俄罗斯的大雨
不和我们这些中国人打招呼
突然像一片一片粗麻布抽打下来
我们躲进一家小酒馆

酒馆很小只有四张桌子
一张桌子坐着四个俄罗斯男人
我们说着话走进来
他们没有丝毫的反应

我们点了几个菜
把从北京带来的白酒打开
每人分别倒了一大杯
四个俄罗斯男人同时鼻翼耸动
并不约而同地说了一句什么

翻译告诉我们：
他们闻到了中国酒的香气

一个人俄罗斯人走到我们桌前
笑着说蹩脚的中文：
中国人，好朋友，邓小平，改革开放
他一边说着，一边看着我们的酒瓶

我们笑起来
不理会他看我们的酒瓶
韩作荣拿起那剩下半瓶的酒
递给他，说：好朋友，拿去喝吧

我说：为什么要给他？
我们从国内只带来四瓶酒
韩作荣说：嗨，爱中国酒
也是爱中国嘛！

2015 年 6 月 8 日

从今天开始
我记住了英国
记住曼彻斯特城
记住哈德斯菲尔德大学

从今天开始
曼彻斯特阳光充足
我的心会被暖透
曼彻斯特有冰雪
全世界都会很冷

从今天开始
小女儿就读哈德斯菲尔德大学
从今天开始
我轻念你的名字逗自己玩儿
从今天开始
哈德斯菲尔德大学
是我每一个梦要去的地方

小女儿回国

飞机落地了
我的心恢复到正常位置
然后就盯着出口处

看到每一个走出来的人
都想走过去
一个一个地问
你看到我小女儿了吗
你看到我小女儿了吗
直至问到小女儿本人

周老师

蜜桃一样的姑娘
有一双会酿酒的眼睛
她开口笑了
才是花开
走几步路
就是春风浩荡

我喜欢她
是鱼喜欢水
猴子喜欢蜜桃
男人喜欢女人

她是我们的老师
给我们讲
苏共失败的教训
她讲课时
庄严，肃穆
像一面古老的城墙

同学们都在听
失败和教训
我一直盯着墙
想水、蜜桃和女人

礼物

给两周岁的外孙买礼物
我直接领他到卖玩具枪的柜台
他拿起一把塑料压制的小手枪
我让他放下
那仅是一把没有机关设置的玩具

我找来一把能扣扳机
有“啪啪”的声响
枪口可以喷火光的枪

我教他端着枪的手要稳
闭上一只眼睛瞄准目标
扣扳机要果断

我只是教他学会使用枪
不会教他杀生害命

异地时间

我有一块手表
防水防风防拨动
每一个刻度开一朵鲜花
每一处空白有十朵彩云

这块手表
是朋友在瑞士给我买的
在瑞士就有万级飓风
吹送到了我的心上

这块表现在执行的是北京时间
走时很准
像指南针永远指着
这位朋友在异地的方向
我们之间有时差
我在时差里
种植鲜花养蜜蜂

我看着这块表
就猜想异地时间里的朋友
此时正在干啥
猜想是白磷
轻微的摩擦就把往事点燃

更多的时候
这块表是个通道
从北京到异地
有万级飓风传送着
我的时间

在石家庄，黑白互见

——怀陈超

你的名字是巨大的陨石
把这个黑夜砸得血星四溅

你向黑夜交出了白发白骨
还有洁白的人生
月光清冷
大地铺满白色的疼痛
我孤零零的影子也覆盖寒霜

我有杀伐之心
我的眼睛里装满火药
闲置已久的舌头
想变成锋利的匕首

那么多好人匆匆离开我们
还有多少可敬的人能撞身取暖
我的心底正承受孤单
轻柔的孤单坚硬的孤单
顶天立地的孤单
与美好追求形影相伴的孤单
火药和泪水不能湮灭的孤单

在石家庄的黑夜里
想到你的决绝
想到我这副没有变白的骨头
悲凉是黑夜
淹没心底的愤怒

失踪的月亮

给我一个月亮
让我痛哭一场
那装满鸟鸣的月亮
飘着花香的月亮
流淌酒的月亮
藏着你的月亮

没有月亮
我是黑色的风
任何一片落叶都比我明亮
没有月亮
我的影子
也去跟别人媾和

给我一个月亮
让我痛哭一场

你的眼睛是月亮
你的唇是月亮
你的鼾声是月亮
风吹过你的身体也是月亮

我来到一条河边
把流水当做月亮

我爬到一座山顶
山峰就是月亮

我把我当做月亮
为自己痛哭一场

立春

难得看见月亮挂在头顶
散发着幽幽的光
过去的岁月里
我见过许多月亮
比如一双深情的眼睛
一张微笑着的脸
一排洁白的牙齿
一行温暖的诗
而在今晚
月亮就是月亮

月亮只看着我一个人
忽远忽近地看
细细地数着我的头发
它不告诉我
它是我的月亮
也不告诉我今天立春

它是不是月亮
今晚我也把它认作月亮
有没有春风
我也认定从今天开始
我就在春天里

身外无风

北京的倒春寒很猛
毛衣秋裤电暖器也抵挡不住
恰在此时
江南的朋友约我
我立刻就含苞待放

我向妈妈请了假
来到江南
都说这里很温暖
可这里的阳光和春风
仅把我的外衣烘热
没暖热我一寸肌肤
更别说埋在深处的骨头

骨头的温暖
只能是人的心里发热
心底空空荡荡
外面越热骨头越寒
这是久治不愈的病

我实在不堪江南
阳光的冷春风的冷
花朵喧闹的冷
匆忙忙跑到机场
在人头攒动的候机大厅
给妈妈打了半小时的电话
然后，踏踏实实地回到北京

一条折磨着我的河

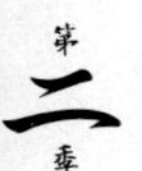

今晚没有月亮
我看不到那条河
那条陪伴我长大的河
——辽河

辽河的长度在全国排第七
在我心里它是世界第一
它丈量着我的肉体和精神
每天计算我在异地与家乡的距离

没有月亮的夜晚
我是盲人
是找不到家的孤儿

每当看到月亮清幽的光
就是看到了辽河的水
听到风把月亮吹响
像我们小伙伴在唱着跑调的歌

这条流淌着酒的河
永远开着春花的河
装满粮食调动我饥饿的河
多次让梦涨潮的河

年过半百了
就剩下一件要办的事
早点儿回家乡
定居在河边看辽河

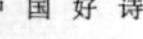

二月

我一直睡着
报春的燕子啄破了耳朵
我也不醒
南来的风把树木吹得起舞
我还不醒

我守着沉睡的心田
守着种在那里的一株
玫瑰

二月来了，你来吗
你来，我就醒
你来，玫瑰就香

腊八夜

大街上空空荡荡
风在自由地横行
酷冷的夜晚
让大地失去了人气

我匆匆地走在路上
要在寒冷耗尽我的热量之前
找到一个暖和的地方

突然有一束光从身后打来
飘飘忽忽像从梦里漏出来的
光也是冷的
也在汲取我的热量

光离我越来越近
把我的身体
一会儿拉长一会儿放歪
我就像走在梦里
走在寒光凛凛的梦里

街道越来越虚幻
光越来越飘忽
我的脚步越来越轻
小心地往四周看看
感觉自己不过是一个
梦的影子

夜空

星星眨着眼睛在童话里飞
月亮一会儿圆一会儿缺地飞
鸟儿一边觅食一边寻欢地飞
我手里拿着没有表情的纸飞机

我曾坐在飞机上
从此地到彼地
那不是飞
是俗常生活的位移

我理解的飞
是两朵牵手散步的云
是把一个人的名字在心里默念
把一句问候放到风里

谣言

有同学爆料
晓晖昨晚去了 18 号楼
并渲染他去的时候
表情暧昧眼神鬼祟
接着夸张地描绘他
约会了什么什么人
做了什么什么事
大家哄笑之余
却暴露出
是自己想去一次的渴望

我们住 16 号楼
距 18 号楼只有三十米
18 号楼住着另一个班的同学
两个月了
互相认不出谁是谁
不认识就有想象的空间
不来往就各自保持着神秘

同学们都希望
晓晖真的去了 18 号楼
来满足自己
窥探他人隐私的邪念

我相信
谣传晓晖去 18 号楼的人
他的心思和眼神已经先去过
已经把三十米
变成了三毫米
希望揭开覆盖神秘的盖头
把陌生变成熟悉
这是人的基本需求
是寻常的事

晓晖，你真的去一次吧！

对岸

满江裸舞的月亮
水面起伏着白皙的肉
轮船的汽笛以冲锋的形式
把我心房戳个窟窿

这样的夜晚
应该坐在酒吧里
一瓶红酒两盘小菜
微醺地听爵士乐
或者，乘醉敲打自己的肋骨

醉是个刻薄鬼
需要有好酒、好夜、好人
拒绝口是心非
才是真醉

我一个人站在江边
看对岸妖艳的灯火
想象灯火里
杯碰杯人碰人的温暖

对岸一定有好人
但江面是壁垒森然的墙
眼睛望穿墙也不会穿

没有好人相伴
好酒、好夜令人生厌

轮船的汽笛声
又从心底吐出来
变成哀嚎的狂风
把江面的月亮一个一个地吹灭

天气预报

第 1 天

今天白天，北京晴
气温低于人的体温
无风，不适于感情流动
预计下午有三到五级的风
会擦肩而过
傍晚，浮尘过多
请保持安静
入夜后，冷暖、风否
只能自作主张

第 2 天

今天下午，北京晴
风向偏于内心
风力最大也没有破坏性
空中的可吸入颗粒物
低于酒精度
天还是灰的
清澈的蓝躲在灰的后面
傍晚会表现出闷热
人们可寻找一把刀
将自己剖开散热

或钻进冰窖控制自身热量

第 3 天

今天北京
高于体温的 36 度
睁不开自己的眼睛
也看不到飞驰的眼睛
路面燥热
足以让心田龟裂

有强劲的风吹向东北
风力最大可达 200 公里时速
可吸入颗粒物
依然影响着情绪质量
空气僵滞　而
离今天最近的一场雨
最快要本月底或下月初
才能到达
为减少蒸发量，避免旱情
有泪水必须流进自己心里

第 4 天

北京今天最高气温 36 度
树哑声，草低头
雨躲进远方的乌云

就是回到了故乡

路面的车咬紧牙关
和蜗牛赛跑
手表沉重的秒针累得出汗
空气不流动
一切事物都在趋向凝固

对天空喊了一嗓子
声音从昨天走到今天
还没到达
这是苦夏的开始
要尽量转移情感来防暑降温

提醒广大市民
注意食品卫生
隔夜的食物不能吃
久别的人可以见

第 5 天

昨夜，月亮被一块云遮盖
云的后面发生了什么事
这是爱月亮的人不敢想的
想多了，就有刀刃在心尖走过

今天白天，北京依然高温

煎熬着行走的人和思想着的人
最大风力可达六级
吹进张望远方人的心里

专家提醒
为防止中暑和情感中毒
傍晚或入夜
可卸去职位面具
找三两好友为了醉而狂喝

第 6 天

北京阴，局部地区有小雨
表现出苍天的分配不公
不过，阴天和小雨
还是能缓解体外的燥热
像一斤白酒穿肠而过
冲走心中的郁结
让人得到短时间的舒畅

第 7 天

上海持续高温，今天 39 度
有效地高于俗人的体温
橙色预警仅是恐吓
有缝隙就能获得自由的精灵
是法律、组织纪律、红头文件

无法捆绑的情愫

天文学家说
持续高温，是太阳的炽爱
憋得太久

上海此次高温二十年不遇
哦，二十年没有情感起伏
是一块不易点燃的朽木

专家提醒市民
高温酷暑，尽量减少户外活动
热量积压太多的人
就独处一隅把自己设法点燃
让朽木头变成炭变成灰
来一次质的革命

第 8 天

上海继续酷热，39 度
挑战人对生活的耐心

用电量和对一片云的思念
都已接近极限

是逃离这个环境还是
坚持下去

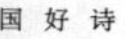

考验心底深处的坚贞

很北的北方有雷声
但不会给上海带来降雨
北京是否会有雨
天气预报的播报员说的不准

湿润是每个人心里的事
靠天救赎，是被动的植物
但还是期待一场台风
颠覆现在的环境和
人与人的关系
让悬着的爱贴地行走

一个人的盛宴

今天是除夕
是亲人团聚的时候
我布置了一桌酒席
摆上 33 个酒杯
请 3814 的老师同学落座

同学们来自祖国各地
我准备好了八大菜系
还专为古力先设了清真席

咱们先请王炳老师讲话
再请师晓霞老师致辞
孙相东老师也要说几句
接下来是支部书记
各个委员组长
都说完了
我就说一句:
人活过半百了
许多事情都该忘却
可 3814 的同学要用后半生铭记

咱们干杯吧!
我先喝
你们不能亲自来喝

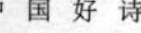

我一个人代替

这是我一个人的思念
也是想证明
今夜，我们都在一起

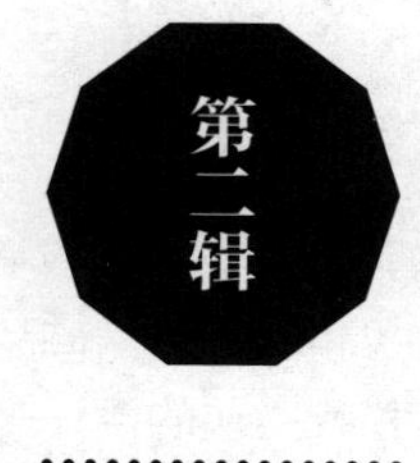

如梦令

倒叙

白雪落下来和我的骨头一个颜色
骨头和麻醉我的酒一个颜色
酒和我委屈的泪一个颜色
泪和生活一个颜色

缄口

随夕阳一起来的有吵吵嚷嚷的风
还有跟谁都打招呼的雨
你没来夜晚就不会来
我守住比死还黑的秘密

做客

我无数次在词语面前双膝着地
它是浩瀚与傲慢的主人
我无论怎样努力靠近它
也仅仅是它的客人之一

居所

我四处寻找安身之所
我不是流浪汉或行乞者
我的身体里有一座超级豪宅
正期待着合适的人来定居

我是白银

雪徒有白银的色泽
却是个内外软弱的书生
有人只说了一句：喜欢。
它就把自己融化成一汪清水

交友

我看到过苍蝇落到鲜花上
没看到过蜜蜂落到狗屎上
蜜蜂因为不喜欢狗屎
永远不会和苍蝇成为朋友

模特儿

第一个出来时我看到的是大腿和臀部
第二个出来时我看到的是大腿和臀部
第三个出来时我使劲揉揉眼睛
哦，她们好像穿着比基尼呢

吻

不是雪花落到唇上就化了
不是碰到美食准备饕餮
是有话要说时
上唇与下唇的开合

陨石

星星想挣脱太阳的束缚
就先把自己熄灭了
并烧毁多余的辎重
成为民间纯粹的石头

单相思

傍晚拎着一瓶酒等待月亮
希望月亮是你又圆又甜的脸蛋儿
我喝醉的时候
头上悬着一把弯弯的刀

都在明面上

地上的阴影部分
不是可以藏身的处所
那是太阳有意挖的陷阱
等着自作聪明的人往里跳

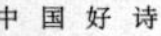

醉与醒

我喝醉时
整个地球都是醉的
你看我时是醉的
我看你时却是醒的

酗酒

我每每喝酒都要尽兴
会觉得整个世界的人都需要醉
我不是酗酒的人
我只是想找到一壶好酒

鹰的自白

太阳只是我的一盏灯
我翅膀掀动的气流才是天风
我俯视的地方都是我的领地
领地上的动物都是我的臣民

丙申元宵几兄弟小酌

一曲《高山流水》就把这个夜晚撑满
几张纸的笔墨就把这个夜晚撑满
我们再写几首让月亮害羞的诗
就能把这一年撑满

元宵夜

今夜应该天降大雪
应该让思念落地
应该有一壶好酒几碟小菜
酒杯里是你圆圆的眼睛

杜十娘

你把百宝箱扔江里了
把自己扔江里了
把并不存在的爱情扔江里了
江水只管淹没不负责打捞

蜜蜂

任何一缕春风都有两面
正面是温暖的催促花儿盛开
背面是冷峻的逼迫花朵凋零
只有蜜蜂识破了春风的伎俩
相信只要是花儿
无论在枝上还是在水里
都有果腹的甜

俯视

一颗星星向我眨着眼睛
另一颗星星也向我眨着眼睛
星星们眨眼是为了看清我是谁
不是为了看明白这个世界

爸爸

您去世二十年了
爸爸这个词在我嘴里很陌生
每当女儿喊我一声“爸爸”
我都在心里喊一次您

北京的雪是眼泪

我看到下雪了
雪落到我身上了
我想念雪人儿了

雪人儿在遥远的东北老家呢
雪人儿在我童年的玩耍里呢

我站在北京的雪地上
雪片砸在我脸上
我的眼睛里流出了冰

玉是石头

我恐惧这无声无息的夜晚
恐惧礼花般缤纷的心思

月亮像我见过的一块美玉
一块沉在心底的石头

我的眼睛虚掩着
不敢睡去
怕那块石头击中我的梦
更怕睡去后
那块美玉不来
让我整夜死亡

乙未末日

这是乙未年最后一个白天
天空晴朗，微风轻拂
太阳很大也很高
那些愿意接受阳光的事物
都大大方方地坦露在光明处
不愿意露在光明处的事物
继续躲在阴影里

今天公路格外宽阔
车很少，路边的行人
也稀稀疏疏
大地已经用安静做好了
新旧更替的准备

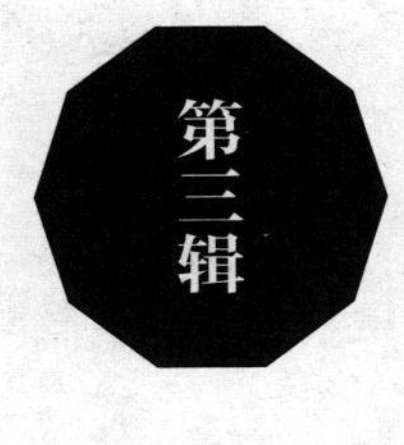

踏莎行

去西夏王陵

我和贺兰山之间是一片开阔地
地底下是曾经喧闹的西夏

树们都静穆地站成哨兵
小花小草羞怯地缱绻
几只麻雀在私语，哪一只
突然高声
会把整群麻雀吓得惊恐乱飞

我站在这里，辽阔地张望
看到风踮着脚悄悄地走过

我来，是想听听千年前的故事
那些隆起的坟冢
一定有许多话待说未说
可花草树木摇头不语
祖辈生活在这里的鸟儿们
也都忘记了西夏语的发音
空旷的西夏王陵，只能看到空旷

唉！也许西夏只能是史册里的西夏
那些被史册漏掉的故事
要么被大地封存
要么藏在贺兰山的心底

通天河

一直向东
通天河坚守几千年的信条

白云主动加入流水
动物的声音、植物的气息、石头的棱角
还有许多事物的梦
都在持续加入
曲折、跌宕、万里之遥
河水负重越大
跑得越快

被改过几个名字
没有改过身份
被多次拦截
仍然闯关夺隘

到达大海
河水才会安静
汇入海水
通天河才隐姓埋名

我在河边东望
给河水又增加了一些重量
我的影子和隐秘被它带走
有些水经过了我的额头

一华里

从入海口向上游走
用泥沙抵抗泥沙

我们约好一起
到青海贵德
用最清澈的水浸泡老年
把青丝洗成白银

通往清澈的路
是石头变成玉
拒绝裂纹和泥沙
并设置了清高的门槛

清澈的水
是杀机四伏的镜子
肉身与灵魂
藏不住一丝污垢

来到贵德
距清水还有一华里
我忐忑地停住
怕暴露眼底的浑浊
和心底的泥沙

天下黄河贵德清
我们距离清澈
还有一华里

这个春天，我又来扬州

半张脸

几十次来扬州
走了几十条不同的路
水路从瓜州渡走到隋唐
陆路从一把古琴走到汉朝的广陵

瘦西湖，平山堂，三把刀
以及“白天皮包水晚上水包皮”
都是记忆里的自鸣钟

记忆是一门功课
需要一位自己喜欢的老师
才能让时间持续鲜活

今天惊蛰
我又来到扬州
一些虫子抖擞精神
从旧时光里爬了出来

瘦西湖

你是被一些人挤瘦的
被时间给用瘦的

你比隋炀帝开掘的邗沟渠瘦
比张若虚的春江花月夜瘦
比广陵派的古琴瘦
比烟花三月瘦

孟浩然在湖边赏花
会让你瘦
杜牧在湖边追美人
会让你瘦
欧阳修在湖边饮酒
会让你瘦
鉴真和尚在湖边诵过：阿弥陀佛
你怎么能不瘦

你是沿着史册走过的诗人
瘦瘦的留下几行黑字

净水

贵德的黄河是魔镜
能看清云的纹理
看透隐藏在天上的暧昧和争斗
看见大树小草和石头
对太阳的反应
映照出我烦躁的形状

水似有似无
真实落在虚空里
会引诱人自觉释放
埋在心底的秘密

我在水边看自己
身体被撕开许多裂口
夜晚月亮来时
被囚禁的嫦娥会不会
乘机窜进我的心里

唐僧晒经台

这块石头
离唐僧落水的现场太近
被动地读了带水的经文

这块石头伟大啊
蒸发了经文中的水分
让唐僧肉身成仙
民间传说大大方方走进史实

史书里有对骂的声音
石头不说话
用沉默与史实捉迷藏
用固守来对抗时间

石头并不在意
身上晒过经文还是落过苍蝇
本分的石头
任凭风吹雨淋
慢慢地变成自在的尘埃

塔里木河

水走了
河床的淤泥是哭肿的脸
几十公里的肿脸
夹在两岸的村庄和戈壁中
十分丑陋
有几只乌鸦在这张脸上抓来抓去
让这张脸更加不堪

我在桥上俯视河床
想滴下几滴泪当做河水

一条孕育历史的河
水不在
乌鸦就来

中午
诗人郁笛要和我喝酒
我说不喝了
这酒可能是用塔里木河水做的
保存好吧

郁笛先笑了
接着我俩对视
像俩只不会说话的乌鸦

马陵山

走进这座山
许多秘密滚滚而来

老虎窝是空的
我向窝里看了一眼
身上就有一块肉被咬掉
窝边还有老虎的尿迹
杀气依然猛烈

孙膑和庞涓在这里斗狠
结局不是我们熟知的那样
庞涓并没有死
孙膑没也赢
他俩有说有笑扮着鬼脸
正在问：你看到过谁赢吗
我被问得骨头里结霜

这座海拔 91 米的山
我没能爬到山顶
我不想让秘密变成常识
也对任何的登顶
失去了兴趣

太平洋

这是一片银色的水
像婴儿的手抚摸着我的双腿
水下的鹅卵石正花儿一样开放
脚下是柔软的细沙
我的亢奋只能缓慢地上升

抬眼望去
太平洋真是无际无涯
我在想
看过了太平洋
才会真正明白远方的含义

我顺手在太平洋里捡起一块石头
带回了北京
摆在书架上
这块石头上再也不会有太平洋的水
可我看到这块石头
就会提醒自己
什么是无际无涯和远方

北纬 18 度线

这是一条无中生有的线
是科学家列的一堆数字和几个名词
而在海南，在陵水
是那条叫牛岭的山脉
岭的北侧是混沌的亚热带
岭的南侧是透彻的热带
岭的顶部是明暗各半的风

亚热带和热带的区别
不仅是地理的气象的
还是你的和我的
是游弋混沌还是坚定透彻的分野

我在亚热带徘徊太久
那些飘忽的云
含糊的光和半羞半开的花
已折磨了我半生

风有正面和背面之分
我一直在风的背面

我正准备翻过牛岭
我要在风的正面
度过余生

海非海

这片海真美
有太多我没见过的风景
有太多让我血脉贲张的事物

海水一次一次地向我扑来
送来一层层绚烂的桃花

花浪扑到我脚下
我和浪花都立刻向后退去
我们都望着对方生畏

这些无根的花
开得容易落得也快
我看着大海
不敢前行也不忍后退

大海蕴藏了太多的美好
而美好的事物
常常是埋伏有重兵的瓮

赤壁大战前夜

来吧，小乔
放心地睡在我的琴声里
周郎在，曲无误

这支曲子弹给两个人听
你听到的是温软的爱
对岸的曹操听到的是杀

明天，甲子日
孔明要借东风
如果东风不来
你到江边
把洁白的水袖抖一抖
我心中也会东风浩荡

琴和刀都是工具
心和手的操作
才有爱与杀戮

睡吧，小乔
等我从战场归来
让琴和刀都休息
我们酣畅地呢喃

又见西湖

喝酒就怕喝到
兴致正酣时，停杯

杭州的夜是黑的
风在树叶间吵闹
我突然想去看看断桥
看看那一片藏着故事的水

我来到苏堤，而不是白堤
南辕北辙地走
走了很远
当然看不到断桥
黢黑里，只看到一片
折射月光的未结痂的伤口

夜色下西湖是恐怖的陷阱
我脚步凌乱，回到宾馆
胃里的酒翻腾着
一波一波地荡漾

宁波

一出机场
手机因电量耗尽无法开启
我随手把它扔进旅行箱
如同把不读的书放进书架

汽车载着我们到东钱湖边
湖水是一面整洁的镜子
弃车上船
镜子被我们打碎
水下的鱼虾也一定惊慌乱窜

远处有山
山腰有寺庙
远远地望去
是一幅静美的山水画

晚上依然没给手机充电
我把安静的时间延长
大家在湖畔饮酒畅谈
我喝着白水不时地
看看有山有寺庙的方向
隔着黑夜
我依然看到了那幅山水画

接近午夜
我躲在房间
一个人把一瓶酒喝干
这身皮肉醉了
夜晚很安静

一次在广阔草原上的研讨会

鲜艳的帐篷在草地上支起
是一个密闭的笼子
远看像一朵突然绽放的花

一群理论家走进帐篷
一群飞鸟也落在周边

理论家为一个创作技法争论
鸟的鸣叫一直是会议的背景
理论家面红耳赤时
鸟的叫声也陡然提高

理论家突然停止争吵
静静地倾听鸟儿们
随意挥霍天籁之音

常见病

飞云江仅剩一条细流
是比我的泪水多几倍的泪

水走了
云也不来了
裸露的石头上
还保留着云的身影

没有水
石头患有顽固的抑郁症

拯救水
是治疗石头的病
再没有水
石头一定会因相思而死

想昆明

我想去昆明
昆明是翠湖居住的地方
翠湖是水鸟居住的地方
湖边是春天居住的地方

记不起上次去昆明的时间
记不起来的时间
都不是时间
但一想起昆明
心里就荡漾十里春风

北京的风不是风
我居住的地方不是地方

我想去昆明
因为北京没有昆明

在银川

今晚的月亮只有细细的一弯
那是你的蛾眉
眉毛以下的部分
在我的酒杯里

我面前是一段平缓的黄河
远处是埋着杀声的贺兰山
流水不会记得历史
我却离古代的故事很近

杯中的你
是调皮的孩子
我端起杯亲一口
你就荡出笑纹
我把杯放在桌上和别人聊天
你就嘶喊

笑纹和嘶喊都是从水底
升上来
你离不开水
我离不开杯

你那一弯具体的蛾眉
还在天上高高地悬着

眉以下的部分
永远在我的酒中
有水的柔软
火药的破坏力

在酒厂喝酒

我就是个容器
装酒装爱装仇恨
也装疯装傻装糊涂

我装过的三山五岳
已泡在了一杯酒里
装过的日月星辰
仅成了酒里的气泡
芸芸众生儿女情长
都是我酒后的一声高吼：啊——

不爱喝酒的人讥骂我
爱喝酒的人也讥讽我
只有我爱我
爱我这个只能装酒的容器

我的生命是临时的
酒会永远活着
屈原活着呢
李白活着呢
苏东坡活着呢
我正努力地活着

没有酒

人与人就是一粒沙子
与另一粒沙子
没有酒
人仅是时间案板上待宰的鱼

喝酒去吧
左手牵着白云
右手拎着苍狗
把自己喝成一声高吼

醉在茅台镇

一颗星星忽闪一下
又一颗星星忽闪一下
像蜡烛忽闪的火苗
只是蜡烛燃尽徒留一堆肥肉

星星都是在水里发光
在我杯中歌唱
我的酒杯直通银河

水东去了，忽闪的星星也去了
干杯吧，灌醉人间的悲欢
就能挡住奔跑的时间

这一切

雨落着，不急不慢
来安福寺的人缕缕行行
不急不慢

这是我见过的唯一不燃香不火烛的寺庙
没有烟雾也看不见尘土
幽静里藏着些神秘

雨幕中的寺庙是悠远的
它可以是唐朝的明朝的
也可以是我心里的

这座寺庙在两座山的闲暇处
在苍天和大地的间隙里
风走过寺院，不急不慢

我来安福寺
想看哪尊佛是我
或者看我心底的佛是谁
佛不说我也不说

寺院空旷
我低头看自己移动的脚尖
寺院里没有交通标志

我只看到了容忍看不到自由

寺里的和尚穿着僧衣
说着肉身的话
言语是常用字词
谈笑无风生，不急不慢

我走出寺院
一群麻雀站在树上
不言不语不卧不飞
慵懒地看着我，不急不慢

午餐

去一座寺庙求佛
据说：佛可以负责来世

我站在佛像前合掌叩首
虔诚、清澈
像一缕光、一滴水
“佛啊，我这一生
好事没少干
坏事也干了不少
希望来世做一个只干好事的人”

走出寺庙
来到一家土鸡馆吃饭
一盆煮熟的土鸡端上桌子
鸡头正对着我
鸡的眼睛竟是睁着的

吃完饭走出饭馆
我又看了一眼寺庙
突然想：如果有来世
那只鸡
一定会吃我

看“打树花”

河北蔚州有一民俗，将生铁加少许铜，化成水，往城墙上泼，溅出火树银花，煞为壮观。旧时为大喜庆时才用，现在已是每周一次的常态表演。

把嘴都闭上
现在是生铁的时间
冷飕飕的月亮走开吧
喧闹的桃花走开吧
大家把笑神经准备好
听铁水在半空中歌唱

天可以再黑一些
蔚州的铁
会把夜戳出无数个小窟窿

蔚州民间的手艺人
把 1600 度的铁水泼在墙上
铁水学着桃花盛开
破碎的火模仿星光

这些可以制成坦克大炮铁轨的材料
绚烂地开成花儿
铁制造了我们的笑
我们高喊：再化掉一吨铁

快乐的成本越来越高
我们的神经也越来越僵硬

铁水瞬间变冷
满地残花夜凉
黢黑又密实地缝合了天地
我们笑过的脸开始生锈

绣娘

这锦绣江山
是她一针一针地绣成的

她在无人之境里绣
天地间也只有她的针线
在绣布上走来走去
一只小虫从她眼前飞过
她都不眨一下眼睛
她要绣出一幅好作品
卖一个好价钱

山雄壮，水清澈
云袅娜，人自在
这是她的绣品

我在她身旁专注地看
一直为她担心
真怕她一时走神
乱了针脚
使江山不锦绣
绣品不值钱

看冰灯

这些房子是冰
房子里有灯
灯光用炫彩掩盖内心的冷
房子和灯都在公园里
公园里的温度
是可以夺命的零下 40 度
一些人被绚烂吸引
麻木地走向冰

这本来是一场游戏
我的一些朋友
被蜃景引诱
心甘情愿走在夺命的路上

我辞别散着寒光的冰灯
独自来到江边
大胆地篡改古人诗句
春风何时绿南岸
明月可愿照我还
而这条汹涌的大江
已是一条水的僵尸
春风还来吗

我曾把灯当作奔向远方的希望

现在灯已经在冰里
也曾面对这条江感慨
我是历史长河的一滴水珠
现在江被冻死了
我还能抵抗几时

阻隔

贝尔格莱德诗人广场旁
有一家咖啡馆
也叫诗歌阅读馆
屋里灯火通明
二十几张桌子
坐了十几位读书喝咖啡的人
明亮并没有影响
这里的幽静和肃穆

我走进去
看到两个青年人
对着一本书在小声讨论着
我知道那是一本诗集
封面的头像我认识
但我无法参与他们的讨论
无法告诉他们
我也是一个诗人
不能与他们交流
我们永远陌生

我在这家咖啡馆转了一圈
一言未发也目不识丁

距离

住进贝尔格莱德的宾馆
宾馆的名字叫“zira”
据说很像英语中的“零”

我们住在“零”里?
我不断地翻检读过的哲学句子

宾馆的斜对面
有一座绿树花草掩映的花园
我问翻译：那是什么地方?
翻译说：那是一座公墓
并补充说：距宾馆 50 米

50 米!
是隐喻还是规定
是生与死的距离
还是零到墓地的距离

？

这个符号藏有秘密
用左眼看是淋漓的鲜血
右眼看有滚烫的吻

这是一家有两百多年历史的咖啡馆的名字
咖啡馆只有三十平米
它正面对着贝尔格莱德最大的东正教堂
背面是 16 世纪南斯拉夫公国的王宫

几经战火和多少代王权更替
教堂没遭损坏
王宫没被损坏
咖啡馆也完好无损
好的炮弹都不破坏历史、宗教
也不破坏闲适的生活

咖啡馆的门框很低
出出进进的人
都要把自己弯成问号
问着进去问着出来
咖啡馆弱小
问号却穿透了时空

什么人起的名字

把人的生活状态做了咖啡馆的招牌
葡萄酒和咖啡不能把问号拉直
王宫和教堂呢

我在这家咖啡馆里
只喝了一杯咖啡
问号就在心里动起来

不是历史故事

我在漠北
从模糊的窗口向外张望
厚厚的白雪改变了天地的秩序
雪地上只奔跑亮着獠牙的狼

强大的气流
迫使鹰收紧羽翅
蜷缩在枯枝上

雪和狼
都睁大饥饿的眼睛

没有什么力量可以战胜穷凶极恶
没有哪一种色彩能征服雪

我在雪层下胆怯
像被无端训斥的孩子
不再敢看雪不能想鹰
闭着眼睛躲避着狼

湘江大桥上

株洲的夜
是湘江在这一段流淌的时间
缓慢温和
像刚刚偃旗息鼓的战场

我站在大桥上
向下游看
想看到吞咽湘江的洞庭湖
或看到带着湘江奔向大海的长江

我又向上游看
想看到孙权和刘备为这块土地
抡起的刀枪
那场战争过去了两千年
好像发生在昨天

我第一次来株洲
却像回到了熟悉的地方
人啊！活着活着
就看什么都不新鲜了
活着活着
眼前的一切都是历史的图像

我早已写不出新鲜的诗句

偶尔觉得是对前人的补遗
也仅是未经时间淘洗的自恋

我说着的现代汉语
不过是文言文的现代版

夜，继续缓慢地流
我走下大桥
回到宾馆
渴望在株洲做一个新鲜的梦

株洲行

到株洲开会
晚饭时，当地的一位朋友
给我倒了满满一杯酒
他的手里还拿着满满的一瓶
他劝我喝酒
并自豪地介绍他的家乡——株洲

一杯酒就是一段湘江
一杯酒就是一座炎帝陵
一杯酒就是一个桃花洞
一杯酒就是庞大的企业——中国南车
他兴致勃勃地醉了
那杯酒我一口没喝

从宾馆到饭桌
从饭桌到会议室
从会议室直接上车离开
这就是我看到的株洲

在长沙与杜甫醉谈

在长沙大醉
湘江里满是游泳的星星
这个春天
我第一次醉酒

我想起杜甫写在这里的诗
“夜醉长沙酒，晓行湘水春”
一生找不到故乡的杜甫
醉在这里
半生过尽找不到身份的我
醉在这里

初春的风
吹不醒杜甫
也吹不醒我
杜甫在这里醉了两千年
而我必须醒着离开

找不到故乡的人
故乡在酒里
找不到身份的人
身份在酒里

老杜有资格继续醉着

我一定要醒着
把虚假的身份扮靓
给不懂醉的人看

天柱寺

所有的宗教
都是对大自然的模仿
所有的寺庙
都对天地有肃穆的敬畏
比如这座天柱寺

这里是温州龙湾的风景区
有地造的山天做的水
太阳种植的花草
人工建的天柱寺矗在半山
与周边浑然一体

这座寺是东晋人建的
那时叫瀑泉寺
我来这里
要看看历史的苔藓
想找到能去往晋代的通道

天柱峰庄重地与苍天对话
泉水日夜不停地冲洗大地的烦恼
我在花草间流水旁站定
觉得自己就是一座
肉身的天柱寺
一座回不到晋代的天柱寺
一座看到身旁的美人瀑
就会想起美人的天柱寺

龙湾码头

在温州龙湾
我特地跑到瓯江边
去看那个已不存在的渡口

15 年前我和韩作荣去乐清
从机场出来就到瓯江码头乘船
船到江心发动机出故障
突然熄火
停驶的船像一片枯叶
横着向东海漂移
那天台风将至
风舞着刀剑浪挥着枪棒
船上旅客的喧嚣让紧张膨胀
我和韩作荣对视了一下
各自点燃一支烟
我们没想过死
却想到了死之前该和对方说点什么

我看看前方的乐清
回头看看龙湾
又向右侧看看亮着獠牙的东海
失去动力的人
也是一叶枯草
后来救援船到了

把我们拖到乐清的岸上

现在这个渡口
已经是沿江公园
取代渡口的是一座大桥
不用乘船
人们过江少了风险
也少了面对危难和死亡的沉静

界碑

我往高处走
高过云层
高过雪峰
到达海拔 5100 米
我以为到了顶点
一抬头看到挺拔的边检战士
和战士头顶庄严的国门

战士与 7 号界碑
并肩站着
都是肃穆的石头
他们头上紧挨着天
脚下是雪
是绵延无际的洁白

雪山像无数白马静卧
时间在这里走得很慢

我四处张望
渴望见到一只飞鸟
或另一种生命体
而这里只有零下 20° 的风雪

一个战士是一块界碑

一班战士是一段坚实的国境线
一个红其拉甫边检站
就是帕米尔高原上的长城

我站在国门下
与战士并肩
也想忘记寒冷
忘记家人的惦念与温暖
做几分钟威武的界碑

在天安门广场

这里的天空很高
广场也壮阔
我突然觉得
这里很适合抽烟

空中没有雾霾
行人也不是很多
我吐出的一缕烟
肯定会带来些污染
绝不会引起骚乱
只有个别人瞥我一眼

我知道这里适合唱歌
或者仰望
而我到这里却想抽烟

烟袅袅升空
我的陋习
还有我坚持陋习的决心
一并都暴露给了上天

雾中的西柏坡

云绕雾托
西柏坡已是仙境
悬在半空中

湖水像一块发亮的石头
倒映着西柏坡的建筑
是影影绰绰的海市蜃楼

这里一切都是安静的
像熊熊大火包在纸里

涌泉桔园

要跋涉多远的路
才能看到这一片艳丽
要煎熬多少个夜晚
才能让梦里金黄

这满山的果实
是一桩桩等待终结的心事
秋风吹动的桔子
正期盼一个美好的归宿

我摘下一颗桔子
握在手中
坚韧，柔软，粗粝，细腻
像我这 55 岁老人的心境

这桔子真甜啊
吃一口就掩盖了许多曾经的苦

我是大地的过客
从桔园带走的这些桔子
不知能甜多远的路
梦里会有几许金黄

地中海

酒店的每个房间都有一个小阳台
站在阳台上就直面地中海

今天的地中海温润祥和
像一块闲置的丝绸
偶尔有几只鸥鸟
把丝绸啄出一些洞
地中海瞬间就把洞补上
把丝绸展平

几天前在国内还看到难民
从地中海偷渡到希腊的报道
今天我在雅典的大街上
看到几群示威游行的队伍
我相信其中一群
就是新闻报道过的叙利亚难民

这些事好像和地中海无关
地中海不抱怨人类打扰过它
它做过什么看到过什么也绝不再说

没有比海更宽容的事物
没有比海更会装傻的人

突然下起了小雨
雨点落到身上就是一激凌
雅典的雨点和北京的雨点没有区别

我们住的酒店叫 Best Western
我问同行懂英语的朋友
这叫什么酒店
朋友说：欧洲最好的
哦，在这里看地中海是最好的
看难民的游行队伍是最好的
在这里想北京也是最好的

闯入

去拜望雅典卫城
遇到几个法国的青年男女欢笑着拍照
我专注地欣赏卫城的建筑
这里既是历史的入口
也是虚无的入口

我沉湎于搜索
对雅典卫城的已知
一味地想眼前的建筑
不小心闯入一个法国女青年的镜头
我发现时看了她一眼
她向我腼腆地一笑
并把手机伸过来
给我看她拍到的我
她拍的是这座雄奇的建筑
我在她照片里仅是另一个参观者

在照片中
我的存在让这座建筑更加真实
活动的我使这座石头城更坚固
而此时
我却以能闯入这位漂亮的女青年的镜头
在心里美滋滋地窃喜

布拉格

布拉格有风
有黄金的呼吸
我的每个骨节都已打开
让这里的风自由穿行

我第一次来这个城市
好像回到亲切的故乡
这里有太多熟悉的人
从记忆里跳出来
那一串含有重金属的名字
在伏尔塔瓦河两岸等我
在书店、广场、咖啡馆、小巷
新鲜地活着

我是一个探亲的人
也是一个行窃者
仔细辨析风与风的对话
倾听伏尔塔瓦河水和水的碰撞

黄昏里悠闲的光是一把钥匙
解开我身上所有的锁
我的眼睛里已站着一只鹰
捕捉着布拉格的黄金

斯美塔纳

在布拉格
我看到伏尔塔瓦河时
心里却演奏着你的同名交响乐
在中国听这首乐曲时
我太想见到这条河

好的音乐是一条河
流动的每一滴水都是新的

伏尔塔瓦河
让岸边的布拉格更加古老
古老都是辉煌与苦难共生
布拉格人用古老的胃
消化着苦难
也自豪地拥有新鲜的辉煌

这几天
我多次站在伏尔塔瓦河边
每一次都在问
这条河究竟是一首交响乐
还是一条古老的河

斯美塔纳
我站在河边是你音乐的信徒
听你的乐曲时
我和你一起思念这条古老的河

穿过爱琴海

能和爱琴海比蓝的
只有海面上的天空
海鸥上下飞着串通天与海的消息
我们乘坐游轮去阿依娜岛
我们把脚下的蓝撕开
海鸥发出白色的尖叫
和天空一起憎恨我们

我们去看诗人卡赞扎基斯
一个住在海上而不被大海淹没的人
一个被蓝围裹却不与蓝同色的人
一个曾经把希腊的海和蓝撕开的人

这个岛的面积不大
远比岛上这位诗人的名字小
尽管诗人已经离世多年
人们仍然相信
他还住在岛上

他的故居门口有一个牌子
没有写他曾是希腊文化部长
曾是联合国教科文组织的官员
上面只有一行字：
诗人卡赞扎基斯曾住在这里